AF175733

Für meine Familie

© 2021 Andy Peterle
Herstellung und Verlag: BoD - Books on
Demand, Norderstedt
ISBN: 978-3-7534-7215-7

Andy Peterle

Meine ganz normalen, verrückten Träume

Inhaltsverzeichnis

Mein Ich

Mein Name ist Eddie.

Ich bin mittlerweile 14 Jahre alt und sehe mich selber nicht mehr als Kind. Ich gehöre zu der Gruppe, denen man nachsagt, sie seien unberechenbar, laut und faul. Kurzum - Teenager.

Ich konnte für mich diese ganzen Vorurteile nicht bestätigen. Ich gehörte eher zu der ruhigen Sorte. Redete wenig, beobachtete dafür um so mehr und träumte vor mich hin. Ich gehörte nie zu den coolen und das würde ich wohl auch nie.

Ich hatte schwarze kurze Haare, meist verwuschelt weil ich es nie hinbekommen hatte, eine Frisur am morgen zu machen. Ich hatte mir eine Weile lang wirklich Mühe gegeben. Entweder sah ich danach aus wie ein Igel, da ich zu viel Gel benutzte oder aber wie wenn mich ein Esel geleckt hätte. Nun hab ich mich halt für den „Captain Jack Sparrow"-Look entschieden - einfach irgendwie. Das Gleiche galt für meine Kleidung.

Ich besuchte die 7. Klasse mit 12 anderen Schülern, wobei es schnell weniger wurden.

Die Klasse

Wenn ich in unsere Klasse blickte, so sah ich zum Beispiel Thomas.

Er hatte kurze braun-blonde Haare, war ziemlich gross, bestimmt zwei Köpfe grösser als ich und von stämmiger Figur. Thomas war wohl der Inbegriff von unberechenbar, laut und faul.

Er war der älteste in der Klasse mit seinen 16 Jahren - zweimal Sitzen geblieben. Konnte von einer Sekunde auf die andere die Gefühlslage ändern und wie wild herumschreien. Manchmal erinnerte er mich irgendwie an einen Gorilla, der sich nicht ausdrücken konnte. Wobei der IQ bei einem Gorilla wohl höher war als bei ihm.

Bei Mädchen kam er unterschiedlich an. Die einen mochten ihn, die anderen konnten ihn nicht ausstehen.

Apropos Mädchen: Die einzige, mit der ich mal etwas zu tun hatte, war Sandra. Sie trug eine runde Brille, hat lange braune Haare, eine Pony-Frisur, schlanke Figur. Sie lebte, atmete und schwitzte für Noten. Für gute Noten versteht sich.

Wenn es einmal „nur" für eine 2 reichte, war dies für sie ein Weltuntergang. Sie ist dass, was man als Streber bezeichnete. Sass in der ersten Reihe, verschlang ein Buch nach dem anderen und redete, wenn überhaupt, nur für Vorträge oder Gruppenarbeiten. Ihre Stimme war äusserst leise, nuschelte hauptsächlich in ihren Rollkragenpullover, der ihr dieser viel zu gross war und ihre Lippen bedeckte. Wenn man sie ansah, so sah man nur immer die Augen und Nase - wie ein Ninja.

Neben Sandra sass direkt Mara.
Mara war das komplette Gegenteil von
Sandra. Unsere Lehrerin, Frau Meier,
setzte sie daher auch gezwungener Massen
neben Sandra - in der Hoffnung Mara würde
sich bessern. Mara war immer top gestylt,
lebte für Fashion und Mode und war
meistens nur mit gleichgesinnten
anzutreffen.

Ihre kurzen blonden Haare, ihre schwarze
Lederjacke oder die modernen Boots haben
ihr Übriges zu ihrem Erscheinungsbild
getan.

Sie ging nie ohne Make-Up und gemachten
Nägel aus dem Haus, weshalb sie öfters zu
spät zum Unterricht erschien. Nach jeder
Schulstunde spazierte sie auf die Mädchen
Toilette um sich selbst zu betrachten.
Sollte ein Haar nicht so sitzen, wie sie
das wollte, wurde sie zu einer totalen

Furie und äusserst zickig. Und bockig. Und
nervig. Eine richtige Diva halt.

Alltag

Mein Alltag sah seit je her immer gleich
aus.

Ich stand um 6:30 Uhr auf, ging duschen,
zog mich an und ass Frühstück. Jeden
morgen Rührei - exakt 1,5 Minuten
gebraten. Mit einem Glas Milch dazu.
Musste so sein. Wie das Amen in der
Kirche.

Um 7:30 Uhr machte ich mich bereit für die
Schule, zog meinen schwarzen Ranzen an und
ging aus meiner Haustür. Eine
Viertelstunde später war ich in der Schule
angekommen. Ein kurzes „Hallo" an die

zwei, drei Schüler die mich leiden
konnten, oder besser gesagt, die mich
nicht mobbten und schon ging es ab in
unser Klassenzimmer.

Mathe stand an, Englisch folgte, die
grosse Pause kam - jeden Tag das Gleiche.
Ich sass auf meinem Platz, schaute nach
links aus dem Fenster und dachte mir
jedesmal, wie gerne ich doch aus diesem
Trott verschwinden würde. Ich blickte in
meine Klasse und fragte mich, wie das wohl
so sein mag, cool oder sportlich zu sein.
Oder einfach nur einmal beliebt. Ich hatte
weder Freunde noch wirklich Feinde. Ich
dachte, die einzige die mich mag, war
meine Lehrerin. Irgendwie traurig wenn
eine erwachsende Person die einzige war,
die mich Leiden konnte, aber was soll's.

Nach der Schule ging es schnell nach Hause, wo mich meine Mama meist bereits mit ihrem selbst gemachten Essen begrüsste. Sie war nicht die beste Köchin, gab sich aber immer Mühe. Glaubte ich zumindest. Die Küche sah jedenfalls immer wie ein Kriegsfeld aus - auch wenn sie nur ein Sandwich machte. Hatte sie wahrscheinlich aus ihrem Kochbuch „Moderne Küche für die moderne Hausfrau". Alles modern, nur unsere Küche war es nicht.

Nach dem essen ging ich auf mein Zimmer, setzte meine Kopfhörer auf die Ohren und widmete mich meinen Hausaufgaben die ich am nächsten Tag bestimmt jemandem aus meiner Klasse geben musste, um abschreiben zu können. Manchmal überlegte ich, ob ich die Aufgaben bewusst falsch machen sollte damit derjenige, der abschreibt, auch alles falsch hatte.

Ich kam aber ganz schnell von diesem
Gedanken weg, als ich mich an eine Prüfung
erinnerte. Da hatte doch tatsächlich mein
Banknachbar Ivan einige Aufgaben von mir
abgeschrieben. Aufgefallen war es bei der
Frage 14, als ich als Antwort schrieb:
„Ich weiss nicht" und Ivan bei der selben
Frage schrieb: „Ich auch nicht".

Seit da an sass Ivan alleine.

Ich übrigens auch.

Als ich mit den Hausaufgaben fertig war,
drehte ich die Musik laut auf, legte mich
ins Bett und schloss die Augen.

Träume

Schon als kleines Kind hatte ich eine blühende Fantasie. So wurden aus normalen Bäumen Bohnenranken, die weit in den Himmel empor gingen. Im Sandkasten stellte ich mir die Wüste mit der unerbittlichen Hitze gefolgt von einigen Fata Morgana's vor.

Generell war ich ein sehr „begeisterungsfähiges" Kind - heute würde man dem vielleicht „verpeilt" sagen. Ich hatte immer ein bisschen länger als andere und liess mich auch immer viel zu schnell ablenken.

Die absurdesten Träume hatte ich jeweils in der Nacht während dem schlafen. Da wurde kurzerhand der rote Sportplatz zu Lava, die Turnhalle zur Höhle und das Schulhaus zu Wohnungen für komische

16

Kreaturen, die meist wie unsere Lehrer aussahen. Egal welche Nacht es war, egal wie oft ich geträumt hatte - jeder Traum spielte sich in der Schule ab.

Zumal die Träume immer wie detailreicher wurden. So waren es anfänglich nur schraffierte Objekte, keine Geschichten, nur Bilder und Töne. Mit den Jahren wurden es immer wie mehr. Reale Gebäude wie meine Schule, reale Personen wie meine Klasse und reale Schauplätze wie der Sportplatz. Je mehr ich an einem Ort aufhielt, desto merkwürdiger wurden die Träume und Ereignisse.

Ich träumte auch heute noch, nur leider nicht mehr so oft und auch nicht mehr so lang. Wenn es dann aber einmal passierte, dann genoss ich es vollen Zügen. Früher machten mir diese Träume Angst, heute würde ich alles dafür geben, um in diese Zeit zurückkehren zu können.

Leerer Magen

Es war morgen, der Tag stand an. Ich ging runter in die Küche, wollte mir wie jeden Morgen Rührei zubereiten. Ich öffnete den Kühlschrank und sah - nichts. Nichts. Keine Eier! Das hatte es noch nie gegeben. Erstarrt nahm ich die Milch aus dem Kühlschrank, schenkte mir dann halt einfach zwei Gläser ein und trank diese schnell auf den Schock herunter.

Ich schrieb eine Notiz an meine Mutter mit dem Hinweis: „Wir brauchen unbedingt Eier". Mit einem traurigen Smiley, damit sie die Ernsthaftigkeit der Situation auch verstand. Ein Leben ohne Eier - kaum vorstellbar!

Ich ging also ohne Frühstück aus dem Haus.

Ich hatte gerade noch so viel Geld bei mir, das ich nebenan beim Bäcker noch ein Croissant holen konnte. Ich betrat die Bäckerei und alles duftete nach frischem Gebäck.

„Guten Morgen", sagte der Bäcker.
„Ich muss unbedingt etwas essen", erwiderte ich.

Ich entschied mich für eines mit Schokoladenfüllung, welches ich auch gleich heruntergeschlungen hatte.

Als ich die Bäckerei wieder verliess, wurde mir kurz schwindlig. Als ich zur Türe heraus gesehen hatte, wurde der Boden für kurze Zeit rot und flüssig wie Lava. Eigentlich so wie der Sportplatz in meinen Träumen.

Ich schloss kurz die Augen, atmete einmal tief durch und öffnete sie wieder.

Alles normal. War wohl bloss ein
Zuckerschock.

Notiz an mich selbst: „Nie ein Schoko-
Croissant auf leeren Milchmagen essen".

Ich verliess die Bäckerei in Richtung
Schule und verabschiedete mich vom Bäcker
mit einem dankenden „Tschüss".

Seltsame Begegnung

Die Stunde hatte bereits begonnen. Ich kam
zu spät. Das passierte mir sonst nie. Als
ich im Schulzimmer ankam, fragte mich Frau
Meier, ob ich gut geschlafen hätte. Ich
erwiderte, dass ich nicht verschlafen
hatte.

„Wir hatte keine Eier mehr zu Hause",
fügte ich an.

Noch beim Aussprechen des Satzes merkte
ich, wie seltsam das für jemand
aussenstehenden klingen musste. Ohne
weiter die Eierthematik anzusprechen, lief
ich mit gesenktem Kopf auf meinen Platz.

Ich richtete mich an meinem Platz ein und
krempelte mein Mathebuch hervor. Kurze
Zeit später klingelte es bereits zur
Pause.
Die meisten gingen sich kurz draussen die
Beine vertreten, ich blieb auf meinem
Stuhl sitzen und blickte aus dem Fenster
in die Natur.

„Der Regen heute passt zu meinem
bisherigen Tag, schlimmer kann es heute
nicht mehr kommen", redete ich mir ein.

Plötzlich sah ich in der Ferne ein komische Gestalt, die meine komplette Aufmerksamkeit sofort bekam. Sie hatte wohl bemerkt das ich sie gesehen habe. So plötzlich wie sie da war, so plötzlich war sie wieder verschwunden. Mir kam diese Figur bekannt vor, irgendwo habe ich diese schon einmal gesehen.

„Eddie!", rief plötzlich Frau Meier aus dem Nichts. „Ich habe dich nun zum dritten Mal nach der Lösung der fünften Aufgabe gefragt".

Ich blickte ein bisschen geschockt in die Klasse und habe erst da realisiert, dass die neue Stunde bereits wieder begonnen hatte.

Alle aus der Klasse schauten zu mir. Ausser einem stottern kriegte ich kein Wort aus meinem Mund.

„Gut, dann lassen wir dich weiterschlafen", sagte Frau Meier entnervt.

Ich fühlte mich gerade ein wenig wie in Trance.

„Wie kann so etwas sein?", fragte ich mich.

Als wäre bei mir die Zeit stehen geblieben. War da wirklich eine Kreatur oder hatte ich mir das etwa nur eingebildet?
Stimmte etwas nicht mit mir?
Waren Drogen in meinem Croissant?
Tausende Fragen schossen mir durch den Kopf.

Eine beschäftigte mich indes aber am meisten: Wo hatte ich diese Figur schon einmal gesehen?

Noch bevor ich eine Antwort auf alle diese Fragen fand, klingelte es bereits erneut. Ich rannte gleich nach Hause. An meiner Mutter mit dem zubereiteten Essen vorbei - direkt in mein Zimmer. Schnell ging ich an mein Bücherregal um herauszufinden, wo ich diese Gestalt schon einmal gesehen hatte.

Ich öffnete Buch um Buch, warf die fertigen auf den Boden. Nichts!

Ich ging alle meine DVD's und Videospiele durch. Doch auch hier das selbe Ergebnis - nichts!

Mein Zimmer sah mittlerweile wie ein Schweinestall aus. Nicht das es sonst besser aussah, doch mit den ganzen Büchern und DVD's toppte dies sogar meine Verhältnisse.

Ich legte mich gefrustet auf mein Bett, schloss meine Augen und hielt eine Sekunde lang inne. „Konzentriere dich", sagte ich mir. Dann plötzlich! Wie ein Elektroschlag ging der Gedanke durch meinen Körper. „Ich weiss von wo ich die Gestalt kenne!", rief ich durchs Zimmer.

Im gleichen Moment lässt es mich in den Adern gefrieren.

Die Gestalt

„Die Träume?", fragte ich mich ein wenig ängstlich.
„Ich kenne die Gestalt aus meinen Träumen!"

Wie konnte es sein, das mir die Gestalt bis in die Realität folgte? Ich brachte die Figur zu Papier - zeichnete sie so gut wie es ging mit meinen bescheidenen

Zeichenkünsten.

Schwarzer Kopf, roter Umhang mit Fetzen,
das Gesicht ähnelte einer Krähe. Ich
durchforschte das Internet, ging mit
meinem Bild in die Bücherei, durchsuchte
praktisch jedes Buch nach solch einer
Figur.

Das Ergebnis war jedoch ernüchternd. Der
einzige Hinweis, der so in etwa
übereinstimmen konnte, war ein
Geschichtsbuch aus dem Mittelalter. Dort
schrieben sie von einer „vogelartigen
Gestalt, der den Tod herbei rief".

Mich begleitete also zuerst ein Todesvogel
in den Träumen und dann auch in der
Realität? Es blieb mir nichts anderes
übrig als versuchen zu schlafen und zu
hoffen, das ich wenigstens im Traum einige
Antworten finde würde.

Und ich dachte immer, ich gehörte noch zu den „normalen" Kids.

Sandra's Traum

Ich legte mich aufs Bett. Es war erst 18:15 Uhr, müde war ich nicht. Zu hoch war die Anspannung und die Nervosität, aber auch das Adrenalin tat sein übriges.

Nach diversen Umdrehungen im Bett und einer 180 Grad Wendung lag ich nun da. Mit dem Kopf am Fussende wurde ich langsam müde. Die Uhr zeigte nun 19:49 Uhr an. Ich schloss meine Augen, hörte meinem immer langsamer werdenden Atem zu und liess mich fallen.

Plötzlich befand ich mich mitten auf einer Insel. Alles war voller Bäume, Pflanzen und Blumen. Wenn ich hoch in den Himmel

schaute, sah ich Vögel die herumflogen,
auf den Bäumen kletterten Affen umher und
auf dem Boden waren Schlangen, Igel und
andere Tiere zu begutachten. Vor meinen
Füssen war ein türkisfarbene Meer.

Eigentlich ein wunderschöner Ort, daher
wurde mir sofort bewusst, das dies nur ein
Traum war. So echt wie dieser Traum fühlte
sich aber bislang noch keiner an.

Ich roch den salzigen Duft mit meiner Nase
während die Sonne auf meine Haut brannte.
Ich dachte eigentlich, das ich mehr über
diese Gestalt erfahren würde. Leben liess
es sich aber so auch ganz gut.

Ich legte mich in den Sand, hörte die
Wellen und machte meine Augen zu, als aus
dem nichts Vögel wild im Kreis herumflogen
und lauthals zu gackern begannen. Es
wurden immer wie mehr Vögel. Der Himmel
zog sich langsam zu, das Wasser wurde

lauter. Ich stand sofort auf, blickte in die Ferne und sah wie sich das Meer langsam rot färbte. Der Himmel wurde immer dunkler, es begann zu regnen und zu stürmen.

Ich drehte mich um und rannte so schnell wie möglich in den Dschungel, damit ich mich schützen konnte. Ein Fuss nach dem anderen, Schritt für Schritt. Ich lief und lief. Doch der Dschungel kam nicht näher. Ich drehte mich um und stand immer noch da, wo ich am Anfang war.

Aus dem Augenwinkel sah ich wie sich von rechts eine grosse Welle in roter Farbe anbahnte. Ich drehte mich erneut um, rannte was das Zeug hielt. Entgegen dem Sturm, dem Regen, den Tieren - Ich musste es zum Dschungel schaffen! Ich geriet in Panik, war immer noch gleich weit weg. Langsam versank ich im Sand, konnte mich nicht dagegen wehren.

Ich drehte mich erneut zum Meer.
Die Monsterwelle ist direkt vor mir! Ich schaffte es nicht mich in Sicherheit zu begeben. Das war's!

Ich schloss meine Augen, verzog mein Gesicht bereits voller Schmerz und liess es geschehen.

Alles wurde ruhig um mich rum.

Kein Meeresrauschen, keine Vögel und auch kein Wind. Sekunden vergingen und ich stand immer noch da, voller Angst einen Atemzug zu nehmen.

Ich öffnete vorsichtig ein Auge. Nur soviel, dass ich ein bisschen was sehen konnte. Die Welle war noch immer direkt vor mir, bewegte sich aber kein Stück weiter. Ich machte das zweite Auge auch noch auf und bemerkte, dass der Regen wie eingefroren war und die Vögel über mir stehen geblieben waren. Ich wusste nicht, ob ich vor Glück schreien oder von dieser Situation Angst haben sollte.

Plötzlich hörte ich von oben ein Pieps von einem der über hundert Vögel. Er war der einzige, der sich langsam bewegte. Er schaute mir direkt in die Augen und ich erkannte sofort seine Silhouette.

Er war es!

Da war diese Gestalt wieder. Die Gestalt zwinkerte mir zu und ehe ich mich auf die Situation einlassen konnte, begann es wieder zu Regnen und Stürmen wie vorhin. Das Meer begann wieder zu rauschen.

Die Welle vor mir bewegte sich nun rasant auf mich zu und erwischte mich mit voller Wucht.

„Autsch", dachte ich.

Doch ich spürte keine Schmerzen. Im Gegenteil. Es fühlte sich alles so sanft an, als würde ich schweben. Ich konnte sogar atmen. Das Wasser wurde klarer. Völlig entspannt schaute ich mich um. Die ganze Insel schien von der Welle unter Wasser zu stehen, während ich mich immer mehr und mehr von ihr wegtrieb.

Nun wurde meine Neugier geweckt und meine Angst verschwand immer mehr. Ich wollte schwimmen und erkunden was sich alles noch im Wasser verborgen hatte. Ich wollte mehr über diesen Ort erfahren.

Ich schwamm also tiefer ins Meer hinab. Nach ein paar Sekunden nahm ich ein Wimmern aus der Ferne wahr. Ich konnte es nicht eindeutig identifizieren.

Ich schwamm immer näher an das Wimmern. Die ganze Situation entwickelte sich zu einem Spiessrutenlauf, da dass Wimmern nicht konstant war. Nach vergeblich geschwommenen Metern, gefühlten Kilometern, war ich nun aber auf der richtigen Spur. Als ich immer näher und näher kam, wurde es schlagartig laut. Ich versuchte so gut wie möglich meine Ohren mit den Händen zu schützen und blieb ruckartig auf der Stelle stehen.

Plötzlich ging ein rotes Licht auf und ein eine Art Strom wurde erzeugt. In dem Strom befanden sich viele rötliche Fische die ins Meer schwammen.

„Hilf mir!", schrie plötzlich jemand.

Ich kannte diese Stimme doch irgendwoher. Der Strom wurde stärker und aus dem Nichts wurde eine Person an mir vorbei gezogen.

„Hilf mir, Eddie! Bitte!".

Ich schau dem Strom nach und erkenne sie.

„Sandra?!".

„Wohin gehst du?", schrie ich ihr nach.
„Hilf mir, Eddie! Wieso hilfst du mir nicht?", fragte Sandra.

Ich versuchte mit dem Strom Sandra einzuholen. Ich schwamm und schwamm. Das Wasser färbte sich immer abwechselnd von rot zu blau.

„Mist, keine Chance sie einzuholen", dachte ich mir.

„Wehr dich, Sandra!", ermutigte ich sie.
„Du musst dich aus dem Strom kämpfen".
„Ich versuche es, es geht aber nicht", antwortete Sandra verzweifelt.

Die Fische zogen weiter grosse Kreise. Ich überlegte. Wenn ich mich taktisch klug hinstellte, konnte ich Sandra vielleicht aus dem Strom ziehen.

„Sandra", schrie ich. „Halt deine Hände ausgestreckt, ich ziehe dich zu mir wenn du an mir vorbei kommst!".

Ein leises „OK" kam von ihr.

Ich schwamm also an die Stelle und wartete bis der Strom mit den Fischen in meine Nähe kam.

Mein Herz raste. Ich durfte dies nicht vermasseln.

„Sandra, ihr kommt. Halt deine Hände ausgestreckt damit ich dich aus dem Strom ziehen kann!"
„Ich versuche es", erwiderte sie.

Die ersten Fische schwammen an mir vorbei.
Ich bereitete mich vor und streckte meine
Hände aus. Der Strom war so stark, dass
sich Sandra immer wieder um sich selbst
drehte. Sie kam mit schnellem Tempo in
meine Richtung.

„Jetzt", schrie ich.

Ich streckte meine Hände in den Strom.
Sandra streckte ihre Hände aus dem Strom.
Ich griff nach ihr, kriegte aber ihre Hand
nicht.

Stattdessen hatte ich wenigstens ihren
Fuss erwischt. Der Plan hatte nicht so
geklappt, wie ich mir das vorgestellt
hatte. Statt sie aus dem Strom zu ziehen,
hing ich nun an ihrem Fuss im Strom.

„Wir müssen hier raus, Sandra! Ich kann
dich so nicht lange halten".

„Ich habe keine Kraft mehr", antwortete
sie.
„Doch! Du musst nun deinen Körper
anspannen damit wir uns gemeinsam aus dem
Strom heraus rollen können. Auf drei
rollen wir uns nach rechts. Alles klar?".
„Ja", antwortete sie ganz leise.

Ich schaute noch einmal um mich rum und
versuchte den perfekten Moment zu
erwischen. Immer wieder kamen Fische
dazwischen und versuchten uns zu trennen.
Ich versuchte sie mit meinen Beinen
abzuwehren und ein Loch für uns zu
schaffen. Sobald ich einen kleinen Weg
sah, wurde dieser gleich wieder von
mehreren Fischen blockiert.

„Sandra, wir müssen jetzt los! Auf drei
rollen wir nach rechts!".

„Eins".

„Zwei".

„Drei!"

Mit vollem Schwung versuchte ich uns aus
dem Strom zu bringen. Ich schloss meine
Augen und drehte mich nach rechts.

Kein Strom mehr den ich spürte und keine
schläge durch Flossen. Ich fühlte mich
schwerelos.

Langsam öffnete ich meine Augen. Ich hatte
es geschafft! Kein Strom und keine Fische
waren mehr zusehen. Ich sah mich weiter um
und suchte Sandra. Sie musste doch
irgendwo sein.

Am Horizont sah ich einen Schimmer.

"Sandra, bist du es?", rief ich.

Doch eine Antwort kam nicht. Es musste Sandra sein, denn sonst war ja niemand da.

Ich schwamm in die Richtung des Schimmers. Mit grossen Bewegungen kam ich ihm immer näher. Ich kniff meine Augen zusammen und sah sie. Es war tatsächlich Sandra. Ich schwamm schnell zu ihr hin.

"Sandra?! Hörst du mich?".

Ich schüttelte sie und fragte sie erneut. Keinerlei Reaktion.

"Komm schon Sandra - antworte mir bitte. Wir haben es aus dem Strom geschafft".

Der Körper von Sandra schwebte weiterhin regungslos im Wasser. Ich entschied mich sie mit an die Wasseroberfläche zu nehmen. Vielleicht kam sie da zu sich und konnte sich erholen.

Ich nahm sie also auf meine Schulter und wollte mit ihr nach oben schwimmen.

"Warum Eddie?", hörte ich sie.
"Sandra? Du lebst!", sagte ich glücklich.
"Warum tust du das?", fragte sie.

Ich schaute sie verwirrt an und wollte sie fragen was sie damit meint, als plötzlich ein lauter Knall neben uns zuhören war. Etwas rot/schwarzes kam mit hohem Tempo auf uns zu. Ich versuchte weiter nach oben zu gelangen. Man hörte ein Gegacker, fast schon wie ein Gelächter das näher kam. Ich rackerte mich ab, versuchte alles um nach oben zu kommen. Der Körper von Sandra gab noch zusätzliches Gewicht. Doch alles vergeblich. Es knallte. Das rot/schwarze Ding entpuppte sich als die Gestalt und nahm mir Sandra weg.

"Gib sie wieder her!", schrie ich die Gestalt an.

Ausser einem lachenden Gegacker kam nichts
von ihr. Ich versuchte näher an ihn ran zu
kommen doch er war um einiges schneller.

"Wieso Eddie? Wieso tust du das?",
wimmerte Sandra.

Die Gestalt spannte seine Flügel und
wirbelte das ganze Wasser gegen mich,
sodass ich kaum mehr etwas sehen konnte.
Wie ein Pfeil schoss er durch den Wirbel
auf mich zu. Ich strecktr meine Arme und
schloss meine Augen zur Abwehr. Doch ich
fühlte nicht. Kein Schlag, kein Stupsen,
kein Flügel - nichts.

Langsam öffnete ich meine Augen. Es war
ruhig und dunkel um mich rum. Ich öffnete
sie ein wenig mehr. Ich sah einen Umriss
in weiss. Es fühlte sich sicher an. Kein
Lärm, kein Wasser, keine Tiere. Daher
öffnete ich meine Augen ganz und sah meine

Decke. Ich schaute umher und tatsächlich. Ich war wieder in meinem Bett in meinem Zimmer.

Das Gefühl, solange unter Wasser gewesen zu sein. hatte mir zugesetzt. Es fühlte sich so an, als wäre ich beinahe ertrunken.

Mein Kopf war schweissgebadet, wusch mit meinen Ärmeln erst einmal mein Gesicht ab bevor ich langsam wieder klarer wurde im Kopf.
„Was ist da genau passiert", fragte ich mich selbst.

Ich schaute auf die Uhr.

„Erst 3:15 Uhr?", dachte ich mir. Es kam mir wie eine gefühlte Ewigkeit vor.

Als ich wieder bei Besinnung war, wollte ich unter die Dusche mich frisch machen.

Als hätte ich heute nicht genug Wasser gesehen.

Als ich die Decke von mir wegzog bemerke ich, dass meine Hosen und Schuhe auch völlig verschwitzt waren.

Ich zog mich aus, warf die nassen Kleider in die schmutzige Wäsche und ging ins Bad.

Ich rekapitulierte in der Dusche, was im Traum geschehen war. Es brachte mich jedoch nicht weiter. Was machte Sandra in dem Traum? Mir schwirrten noch mehr Fragen im Kopf rum als vorher. Eines wusste ich aber bestimmt: Morgen würde ich mit Sandra sprechen und sie fragen, ob sie etwas spezielles geträumt hatte.

Nach der Dusche zog ich meine Jogginghosen an, ging runter ins Wohnzimmer und verbrachte die restliche Nacht vor dem Fernseher.

Der nächste Tag

Ich würde lügen wenn ich behauptet hätte, dass es eine gute Nacht war. Die war es bestimmt nicht. Irgendwann zwischen fünf und sechs Uhr morgens war ich vor dem Fernseher auf dem Sofa eingeschlafen. Der einzige wirklich gute Schlaf letzte Nacht.

War ich fit?
Nein.
Wollte ich etwas anderes ausser schlafen?
Nein.
Interessierte dies jemand?
Natürlich nicht.
Und aus diesem Grund wecket mich auch heute mein Wecker pünktlich um 6.30 Uhr. Die Pflicht rief.

Ich ging auf mein Zimmer, zog mich an und ging für einmal ohne Frühstück direkt aus dem Haus. Ich hatte kein Hunger. Der Traum von gestern hatte mir wohl den Appetit verschlagen.

Da ich wusste, dass Sandra immer eine gute halbe Stunde vor Schulbeginn in der Schule war, ging ich auch früher aus dem Haus. Wenn mein Plan aufging, so kann ich sie noch während sie das Schulareal betrat abfangen damit ich in Ruhe mit ihr reden konnte.

Es war 7:30 Uhr. Ich wartete in der Gasse, in der Sandra immer zur Schule kam. Fünf Minuten waren vergangen. Mittlerweile war es 7:45 Uhr und keine Spur von Sandra. Die anderen Schüler liefen an mir vorbei, doch keine Sandra. Ich fragte ihre Nachbar, Kevin, ob er Sandra gesehen hätte. Er verneinte. Er wäre extra klingeln gegangen, doch niemand öffnete ihm die Türe.

„Schade", dachte ich mir.

Vielleicht war sie krank und musste zum Arzt. Es war mittlerweile 8:00 Uhr und die Schule begann. Ich fragte Frau Meier, ob sie etwas von Sandra gehört hätte. Doch auch sie verneinte.

„Die hat bestimmt nicht für den heutigen Test gelernt und will keine schlechte Note", fügte Mara mit einem sarkastischem Ton an.

„Es ist ein Unterschied ob man für einen Test nicht lernt oder für gar keinen, wie in deinem Fall" konterte Frau Meier. Die Klasse lachte. Sandra's Platz blieb jedoch den ganzen Tag leer.

Ich entschloss mich nach der Schule ihr die Hausaufgaben zu bringen. Da wir nicht allzu viel hatten, sollte es eine schnelle Sache gewesen sein. Die Schule war aus und ich machte mich auf den Weg zu Sandra's Zuhause. Wenn man ein schneller Fussgänger war wie ich, war man innerhalb 15 Minuten bei ihr. Bislang war ich erst einmal vor ihrer Haustüre. Das war im Kindergarten, als sie Geburtstag hatte und wir sie mit einer Schubkarre abholten.

Seitdem hat sich vieles um uns herum geändert. An ihrer Haustüre angekommen, klingelte ich zweimal kurz. Auf dem Parkplatz der Einfahrt stand das Auto ihres Vater's, sollte also jemand da sein. Nach einer Weile klingelte ich nochmals, als gerade ihre Mutter schlagartig die Türe mit grossen Augen aufriss.

„Oh, Eddie. Du bist es", sagte sie mit weinerlicher Stimme.
„Ich bringe die Hausaufgaben für Sandra. Ist sie krank?", fragte ich.

„Vielen Dank, Eddie. Ich werde ihr sie geben sobald sie wieder da ist", antwortete die Mutter.

„Ist sie weggelaufen?", fragte ich neugierig nach.

Mit einem eisernen Blick schaute mich ihre Mutter an und verabschiedete sich mit einem seufzenden „Tschüss" von mir und schloss die Haustüre wieder zu.

Perplex blieb ich noch einen Moment vor der Türe stehen. Sandra war weggelaufen? Das passte irgendwie alles gar nicht zu ihr.

Als ich mich gerade vom Haus entfernen hatte, sah ich wie eine Polizeipatrouille direkt neben dem Auto von Sandra's Vater parkierte. Zwei Polizisten stiegen aus dem Streifenwagen und klingelten an deren Haustüre. Die Mutter machte erneut die Türe auf und bat die zwei Herren in das

Haus. Mir wurde mulmig zu Mute. Wenn die Polizei involviert war, muss es irgendwas ernstes gewesen sein.

Als ich zuhause ankam, erzählte ich die ganze Geschichte meiner Mutter. Sie meinte, das dies in unserem Alter schon einmal vorkommen könne.

„In eurem Alter ist man halt launisch", meinte sie.
„Viele die in er Pubertät sind machen eine harte Zeit durch", fügte sie an.

Bevor sie mir noch Geschichten aus ihrer Pubertät erzählen wollte, ging ich lieber auf mein Zimmer.

„Es wird bestimmt alles wieder gut. Sie weiss vielleicht nur nicht wo ihr gerade der Kopf steht", rief sie noch die Treppe hoch.

Vielleicht hatte meine Mutter ja sogar recht. Der Druck in der Schule und der Prüfungsstress ging auch an den besten Schülern nicht Spurlos vorbei. Man sagt, Mütter hätten immer Recht. Ich hoffte ernsthaft dass es in diesem Fall auch zutrifft.

„Ich habe übrigens deine schmutzigen Kleider gewaschen", fügte sie noch an.
„Vielen Dank, Mama".
„Kannst Du mir erklären, weshalb ein Teil der Kleidung so extrem nass waren? Warst Du mit den Kleidern duschen?", fragte sie.
„Nein, natürlich nicht! Was ist denn dass für eine Frage? Ich hatte einen merkwürdigen Traum und bin derart verschwitzt aufgewacht das die Kleider komplett durchnässt wurden", antworte ich ihr.
„Ach so, okay. Na dann" und ging zurück in die Küche.

Vermisst

Trotz all den Vorkommnissen gestern konnte ich diese Nacht wirklich gut schlafen, was auch bitter nötig war. Noch so eine Nacht wie die letzte hätte ich bestimmt nicht schadlos überstanden. Heute hatte ich sogar meinen Wecker geschlagen. Gechillt schlenderte ich ins Bad, putzte meine Zähne, zog mich an und machte mich für den Tag bereit.

Da ich viel zu früh war, gönnte ich mir ein herzhaftes Frühstück mit allem was man sich vorstellen konnte. Mit vollem Teller hüpfte ich im Wohnzimmer auf das Sofa und schaltete den Fernseher ein. Da am morgen nicht wirklich hochwertiges Fernsehen gezeigt wurde, „zappte" ich eher gelangweilt durch das Programm.
Als ich den TV bereits wieder ausschalten wollte, wurde ich von einer Sondermeldung

überrascht.

„Wichtige Sondermeldung", hiess es auf dem regionalen Sender.
„Seit vorgestern Nacht wird die 14 Jährige Sandra P. vermisst. Zuletzt wurde sie am Vortag von der Schule auf dem Weg nach Hause gesehen. Wer Informationen zum Verschwinden von Sandra P. hat, kann sich auf dem Polizeiposten melden".

Wie krass! Mir blieb das Frühstück fast im Hals stecken. Sandra wurde nun offiziell vermisst und von der Polizei gesucht. Nun wusste ich wenigstens auch, warum die Polizei bei den Eltern von ihr aufgetaucht sind. Ich hoffte sehnsüchtig das ihr nichts schlimmes widerfahren ist.

Ich brachte meinen Teller in die Küche, räumte ihn ab, zog meine Schuhe an und

wollte los in die Schule. Vielleicht gab
es schon mehr Info's die helfen konnten.

An der Schule angekommen verteilen bereits
viele Schüler „Vermisst"-Plakate und und
hefteten sie an Bäume. Im Schulzimmer
angekommen besprachen wir gleich das
Thema.

Frau Meier meinte, wenn jemand
Informationen zum Aufenthalt von Sandra
hätte, so sollten wir uns bei ihr direkt
melden. Das war es dann aber auch schon.
Die ganze Thematik wich dem normalen
Schulstoff und der Alltag erreichte mich
wieder.

Der Schultag kam mir wie eine Ewigkeit
vor. Zuhause angekommen setzte ich mich in
die Küche an unseren weissen Esstisch und
ass eine Kleinigkeit. Als ich damit fertig
war, ging ich auf mein Zimmer und nahm
meine Hausaufgaben aus dem Rucksack.

„Mathematik, das schwierigste zuerst",
dachte ich mir. Nach drei Aufgaben tritt
bereits die Erschöpfung ein. Ich konnte
meine beiden Augen gerade noch so
aufhalten. Ich legte meine beiden Arme auf
den Tisch und meinen Kopf auf sie.

„Nur fünf Minuten, dann bin ich wieder
fit", sagte ich mir selber.

Wenn ich gewusst hätte, was diese fünf
Minuten für Auswirkungen haben, hätte ich
es nicht getan.

Thomas' Traum

Ich öffnete meine Augen und sah dass ich nicht mehr in meinem Zimmer war. Es war dunkel und neblig. Ich konnte kaum einen Fuss vor den anderen setzen. Ich befand mich auf unebenen Terrain. Ich kniete mich hin und erforschte den Boden. Es war kalt, weiss und gab ein wenig nach, als wäre es Schnee gewesen. Das Eis glitt durch meine Hand als vor mir in der Weite ein gelbliches Licht flimmerte. Das Licht gab gerade so viel Helligkeit das ich sah, wohin ich lief. Ich lief in langsam Schritten weiter in Richtung des Lichtes.

Aus der Ferne hörte ich ein Schrei. Durch das Echo war es schwierig einzuschätzen, woher der Schrei kam.

„Hallo! Ist da jemand?", gab ich Kleinlaut von mir.

Ich musste mich wohl wieder in einem Traum befinden.

„Komm weiter her", sagte eine gruselige Stimme, als wäre sie direkt neben mir gewesen. Doch ich sah niemanden.
„Laufe weiter dem Licht nach", fügte die Stimme an.
„Wer bist Du?", fragte ich.
„Geh weiter und du wirst die Antwort bald finden", antwortete sie mir.

Als ich beim Licht ankam sah ich, das es sich um eine alte Glühbirne handelte. Als ich sie anfassen wollte, zersprang sie in einem lauten Knall direkt vor meinem Gesicht. Ich war erschrocken, kniff meine Augen zu und schützte mein Gesicht mit meinem Arm.

Plötzlich spürte ich eine eiserne Kälte
die mir durch den ganzen Körper zog. Ich
merkte wie etwas auf mein Kopf und auf
meine Hände fiel. Ich musste wissen was
los war. Als die Gefahr vermeintlich
vorüber war, schaute ich wieder zur
Glühbirne. Diese ist in tausend
Einzelteile zersprungen.

Als ich nach oben schaute, sah ich
vereinzelte Schneeflocken. Schnell begann
es immer fester zu schneien. Man sah
nichts. Nur einen schwarzen Himmel, den
dicken Nebel um mich herum und weisse
Schneeflocken die sich den Weg nach unten
bahnten.

Just als ich in dem Moment weitergehen
wollte, bebte der Boden. Ein klaffender
Spalt ging zwischen meinen Beinen auf.
Schnell zog ich meine Beine zusammen und
sprang über den Spalt. Plötzlich stieg ein

riesiger Eisberg aus dem Boden empor, direkt vor meiner Nase.

Der Eisberg hatte zwei grosse Fenster und eine Türe aus Holz. Aus den zwei Fenstern schimmerte ein rotes Licht. Nach all den merkwürdigen Dingen die passierten, wollte ich nun auch wissen was sich dahinter verbarg. Ich nahm allen meinen Mut erneut zusammen und spazierte langsam in Richtung der Türe. Noch bevor ich den Knauf betätigen konnte, ging die Türe mit einem quietschenden Ton von selbst auf.

Von oben hörte ich etwas das gegen die Fensterscheibe klopfte. Ich schaute ein letztes Mal in das Fenster und sah nun wieder diese komische Gestalt, die mich schon beim letzten Traum verfolgte.

„Du schon wieder!", sagte ich. „Was bist Du und was willst Du von mir", fragte ich die Gestalt.

„Komm' herein und deine Fragen werden
beantwortet", sagte sie mir mit einer
leisen, gruseligen Stimme.

Ich schloss meine Augen, atmete tief durch
und ging durch die Türe. Im Inneren des
Eisberg's angekommen erwartete mich ein
leerer Raum in einem schimmernden roten
Licht.

„Wow, das ist es also? Hier finde ich
Antworten?", sagte ich in einem leicht
ängstlichen aber ironischem Ton. „Das
ganze für nichts?".
„Schau hin!", schreite es durch den
Eisberg. „Schau genau hin!".

Ich durchstöberte den Raum, wühlte durch
den kalten Boden aber sah nichts.

„Da, am anderen Ende!", sprach die Gestalt
zu mir.

Ich drehte mich um und spüre wie der Boden
erneut vibrierte. „Nicht schon wieder",
dachte ich mir und sah wie eine Leiter aus
Eis aus dem Boden hervortrat. So wie es
aussah, führte diese direkt nach oben, zu
den Fenstern.
Ich ging zur ersten Stufe und setzte einen
Fuss vor den anderen bis ich oben
angekommen war. Ausser den zwei Fenstern
sah ich auch hier nichts.

„Schau hin!", sagte mir die Gestalt
erneut.

Ich ging langsam zu einem der beiden
Fenster und schaute hinaus. Dort
angekommen traute ich meinen Augen nicht
recht. Ich sah Wasser und Fische. Als ich
ich mir das ganze näher anschauen wollte,
klatschte Sandra's Körper direkt an das
Fenster. Ihr Gesicht war völlig
aufgedunsen und ihre Augen aufgequollen.
Das ganze fühlt sich an wie ein Unfall -

ich wollte das nicht sehen, konnte aber
nicht wegsehen. Als ich mich vom Fenster
entfernen wollte, sprach Sandra plötzlich
mit mir und sah mich direkt an.

„Wieso Eddie? Wieso hast Du mir nicht
geholfen", sagte sie zu mir.
„Ich wollte doch", sagte ich. „Ich hatte
aber keine Kraft mehr und konnte dich
nicht länger halten!".
„Lügen, alles lügen!", erwiderte sie.
„Jeder bekommt was er verdient", sagte sie
lachend und wurde danach von einer Welle
wieder davon geschwemmt.

Ich trat zwei, drei Schritte zurück, stand
unter Schock. Wie konnte sie mir
vorwerfen, ich hätte es nicht versucht.
Sie war es doch die mich zuerst
losgelassen hat. Und überhaupt: Was hatte
die ganze Sache hiermit zutun?!

„Schau hin, Eddie. Schau genau hin".
Wieder war es diese Stimme.

Am zweiten Fenster angekommen sah ich diese eisige Landschaft, leicht bedeckt mit Schnee. Ich sollte genauer hinsehen, sagte diese Stimme. Ok, ich versuchte es.

Ich öffnete das Fenster und schaute, ob ich irgendetwas finde konnte.
Nach ein paar Sekunden sah ich tatsächlich etwas. Es sah wie ein Körper aus, der halb aus dem Eis herausragte.

„Eddie, hilf mir!", schrie die Gestalt in meine Richtung.
Ich kannte die Stimme, aber konnte das sein?
„Thomas, bist Du das?"
„Ja, Eddie. Bitte komm".
„Verdammt, was ist hier los?"

Als ich gerade los und das Fenster
schliessen wollte, sah ich in der
Spiegelung des Fenster die Silhouette der
Gestalt erneut. Ich sah erschrocken hinter
mich, doch fand nichts vor.
Egal, ich musste zu Thomas!

Bei ihm angekommen vernahm ich das sein
Körper ab dem Unterlaib in festem Eis
steckte.

„Verdammt Thomas! Was machst hier?".
„Keine Ahnung, hilf mir! Ich kann mich
nicht bewegen und spüre meine Beine nicht
mehr".
„Es ist dickes Eis, wie soll ich diese
Eisschichten brechen?"
„Lass dir etwas einfallen. Schnell!".
„Nimm mein Shirt und fange an das Eis
aufzutauen. Ich suche nach etwas
grösserem. Ich beeile mich!"

Ich lief in der Gegend umher, doch fand nichts nützliches. Ausser der kaputten Glühbirne fand ich nichts, was ich verwenden konnte. Ich kniete mich hin, sammelte die grössten Scherben auf und versuchte das Eis Stück für Stück, auszuschneiden. Thomas versuchte gleichzeitig das Eis mit meinem Shirt zum schmelzen zu bringen.

„Bitte Eddie, mach schneller!"
„Ich mache so schnell, wie ich kann!"
„Ah, verflucht! Ich habe mich an einer Scherbe geschnitten".
„Ich erfriere Eddie! Ich zittere am ganzen Körper".
„Halt durch Thomas, ich werde dich da raus holen!".

Das Eis verfärbte sich von meinem Blut rot. Ohne Pause stocherte ich mit den Scherben weiter im Eis herum.

„Ich werde sterben."

„Nein, wirst Du nicht."

„Es bringt nichts Eddie. Ich habe keine Kraft mehr und Du kommst nicht voran".

„Ich gebe nicht auf! Ich hole dich da raus!".

Aus dem Hintergrund höre ich plötzlich ein unheimliches Gelächter.

„Gib auf Eddie", sagt die Stimme zu mir.

„Es hat keinen Wert".

„Ahhh, sei still! So langsam werde ich wütend!"

„HÖR AUF!", schreit mich die Stimme an und sendete sogleich einen eisigen Sturm in unsere Richtung.

Ich legte mich flach auf den Boden und schütze meinen Kopf mit meinen Händen. Es war schwierig, die Deckung zu halten. Zu sehr blies der Wind durch mich durch. Meine Hände spürte ich schon seit einer

Ewigkeit nicht mehr. Als der Sturm an mir vorbeigezogen war, griff ich erneut zur Scherbe und wollte weiter Thomas aus dem Eis holen. Ich drehte mich um und sah ihn. Leblos. Der Oberkörper lag flach auf dem Eis.

„Nein, nein, nein! Thomas, wach auf! Thomas!"

Keine Reaktion von ihm. Ich tastete seinen Puls ab. Nichts.

„Verdammt. Verdammt! Verdammt, verdammt, verdammt!"

Ich schmiss die Scherbe mit aller Wut weit weg und setze mich neben Thomas. Mein Shirt hatte er immer noch in der Hand. Ich konnte ihn so nicht zurücklassen. Entschlossen packte ich nach dem Shirt um ihn weiter aufzutauen, als er plötzlich seinen Kopf hob und mich anschrie.

„Wieso, Eddie? Wieso hast Du das getan?!"

Er griff nach meinem Kopf und schmetterte ihn mit voller Wucht auf das Eis.

Ich kriegte kaum Luft, stand sofort auf. Der Stuhl flog auf den Boden. Ich sah mich herum.

Ich war in meinem Zimmer. Mit den Händen fasste ich an meinen Kopf um sicher zu gehen, das nichts passiert war. Nach ein paar Sekunden konnte ich mich beruhigen und realisierte, das es wirklich erneut nur ein Traum war.

Ich nahm den am Boden liegenden Stuhl auf und setze mich an den Tisch, an dem ich eingeschlafen bin. Die Hausaufgaben lagen immer noch so wie ich sie zuvor gelassen hatte. Als ich diese wegpacken wollte,

merkte ich das meine Hände anders als
sonst aussahen.
Sie waren rot angelaufen, an den Knochen
gar offen.

„Was zum Teufel?".

Ich ging ins Badezimmer, verarztete die
Wunden und liess die Hände verbinden.

Mit verbundenen Händen ging ich in das
Wohnzimmer und schmiss den TV an. Die Lust
zu schlafen war mir natürlich nach dem
Traum vergangen.

Wo ist Thomas?

Ich hatte die Nacht durchgemacht. Obwohl
ich müde war, war an Schlaf nicht zu
denken. Langsam sah ich durchs Fenster wie
die Sonne aufging. Die Uhr zeigte 6:20 Uhr
an. Das Wohnzimmer wurde immer heller und
heller. Das Licht drückte bereits durch
die Jalousien.

Zum Glück war heute Samstag, schulfrei.
Endlich! Eine willkommene Abwechslung zum
ganzen Trubel rund um Sandra. Einfach den
Kopf abschalten und für einmal den ganzen
Tag machen, was ich wollte. So stellte ich
mir meinen perfekten Tag vor. So ein Tag
hätte ich heute bestimmt, wenn ich nur
nicht so müde gewesen wäre.

Ich schleppte mich von dem Sofa die Treppe
hoch, direkt in mein Bett. Noch kurz meine
Vorhänge zu gezogen damit das Zimmer

dunkel blieb und ich ungestört meinen Schlaf nachholen konnte. Dies gelang mir. Sogar ganz ohne Traum.

Um 14:04 Uhr machte ich meine Augen auf und hörte, wie ein Polizeiauto an meinem Zimmer unter lautem Sirenenklang vorbeigefahren war. Mein Magen knurrte. Ich musste etwas essen. Am Kühlschrank angekommen fand ich gähnende leere. Da blieb mir wohl nichts anderes übrig, als in den Supermarkt zu fahren und mich mit dem nötigsten einzudecken.

Ich nahm eine Einkaufstüte, stopfte sie auf meinen Gepäckträger, stieg auf mein Fahrrad und fuhr los. Der Verkehr war, wie jeden Samstag, eine kleine Katastrophe. Die Strassen waren rammelvoll. Da lobte ich mir doch mein Fahrrad gleich doppelt. Mit dem kamst du an solchen Tagen immer und überall schnell hin.

Der Weg in den Supermarkt brachte mich an
verschiedene Häuser meiner
Klassenkameraden vorbei. Unter anderem
auch an das Haus von Thomas.

In seiner Strasse angekommen bemerkte ich
ein höheres Personen aufkommen als sonst.
Auf dem Bürgersteig parkierten Autos, die
sonst nicht hier waren. Ich fuhr also
weiter um zusehen, was da los war.

Lokale Zeitungen, regionale Fernsehsender,
sogar ausländische Journalisten waren vor
seinem Haus und fotografierten es. Nun kam
auch noch die Polizei herbei und drängte
die Journalisten zurück. Ein Absperrband
wurde um das Haus gezogen.

Ich ging näher an einen Journalisten und
fragte ihn, was passiert war.

„Der Junge ist verschwunden - aus dem
Nichts wie die Eltern sagen. Damit ist es

bereits der zweite Fall innert kürzester Zeit".

„Was wollen Sie damit sagen?", fragte ich nach.

„Naja, wenn zwei Kinder von heute auf morgen einfach so spurlos verschwinden, so wird dies kein Zufall sein".

„Sie wollen damit also sagen, das sie jemand entführt hat?"

„Wenn es nur eine Entführung ist…", antwortete der Journalist. „Übrigens, was hast du denn mit deinen Händen gemacht?"

„Hm? Ach das. Habe mich geschnitten", sagte ich ihm.

„An beiden Händen? Wie schafft man das denn?", fragte er nach.

„Ich, ähm, war ungeschickt mit einem kaputten Glas", antwortete ich.

Der Journalist lachte und machte weiter Fotos. Ich weiss selber nicht einmal woher die Schnitte stammen, was sollte ich denn sonst für eine Antwort darauf geben.

Für mich erschien diese Aussage in dem
Moment am plausibelsten.

Sandra und Thomas waren Spurlos
verschwunden und keiner weiss was passiert
war.

Wurden sie also Opfer eines Verbrechens?

Dieser Gedanke beschäftigte mich noch den
ganzen Tag. Ich ging nur noch zum
Supermarkt, holte mir das wichtigste für
die nächsten paar Tage und fuhr mit dem
Fahrrad wieder nach Hause.

Zuhause angekommen verstaute ich die
Sachen in die verschiedenen Schränke,
schnappte mir ein Sandwich und ging auf
mein Zimmer. Ich musste herausfinden, was
mit Sandra und Thomas geschehen war.

Ich wollte mich an unseren letzten
Schultag mit den beiden zu erinnern.

Wurde vielleicht etwas gesagt, was ein
Verschwinden der Beiden gerechtfertigt
hätte? Hatten Sandra oder Thomas
Andeutungen gemacht, dass es ihnen nicht
gut gehe? Ich versuchte den ganzen Tag zu
rekapitulieren, doch ich fand nichts was
aussergewöhnlich gewesen wäre.

Sandra blieb mehr oder weniger im
Schulzimmer, lernte sogar währen den
Pausen. Thomas war wieder der Lauteste,
wie immer. Sie hatten absolut nichts
miteinander zu tun und könnten
unterschiedlicher nicht sein.

Ich zückte mein Handy und versuchte den
beiden anzurufen. Zuerst Thomas, dann
Sandra. Bei beiden das Gleiche. Kein
Klingeln, direkt die Nachricht das die
Teilnehmer zurzeit nicht erreichbar waren.
Ich schrieb ihnen eine SMS, dass sie sich
melden sollen wenn die dies lesen würden.
In der Hoffnung das die Polizei die Beiden

findet, liess ich auf dem Laptop die
Nachrichten laufen.

Tatsächlich lief gerade ein Bericht.

"Ich stehe hier vor dem Haus von Sandra,
an dem sie das letzte Mal gesehen wurde.
Weiterhin gelten die beiden Teenager als
vermisst. Derzeit kann ein
Gewaltverbrechen nicht ausgeschlossen
werden. Die Polizei sucht mögliche Zeugen,
die etwas gesehen haben könnten."

Oh, Gott! Der Journalist könnte also Recht
gehabt haben. Es schien so, als ob dies
alles kein Zufall gewesen wäre.

Ich schaltete den Laptop wieder aus und
legte mich auf mein Bett. Das Ganze schlug
mir auf mein Gemüt. Kurz nachdem ich es
mir im Bett bequem gemacht hatte, klopfte
es an meiner Zimmertür.

"Ja?", fragte ich.

Es war meine Mutter.

"Wie geht es dir, Eddie?, fragte sie. "Ich weiss, dass du aktuell viel durchmachen musst."
"Mir gehts gut Mama. Es ist nur ein bisschen verwirrend im Moment".
"Das verstehe ich. Ich will nur das du weisst, das wenn du jemand zum reden braucht, ich für dich da bin".
"Danke Mama, das weiss ich."

Sie lächelte, klopfte mir auf die Schulter und wollte das Zimmer verlassen.

"Mama?", sage ich.
"Ja, Eddie?".
"Scheint, als wäre es nicht nur das Alter gewesen, wie du gesagt hast".

Sie drehte sich zu mir um und verzehrte ihr Gesicht.

"Nun, die Hoffnung stirbt zuletzt. Hoffen wir, das es einfach das ist. Und pass auf dich auf! Ich will nicht, dass mit dir auch noch was geschieht."
"Natürlich Mama. Mir wird nichts geschehen", beruhigte ich sie.
"Übrigens, was hast du eigentlich mit deiner Hand gemacht?"
"Äh. Ich habe mich an einem Glas geschnitten. Ganz dumm gelaufen. Hab es auch gleich weggeworfen"
"Ach, ja? Ich kann mich aber an kein Glas erinnern das im Abfall war?"
"Ja. Nein. Natürlich nicht. Ich habe es auch gleich zur Glasrücknahme gebracht."
"Du bist also wegen einem Glas den ganzen Weg auf die andere Stadtseite gefahren?"
"Ja, bisschen Sport tut gut. Ausserdem ist es gar nicht so weit mit dem Fahrrad",

erwiderte ich ihr mit einer leicht zittrigen Stimme.

"Nun gut. Pass einfach auf dich auf", antwortete sie und ging aus dem Zimmer.

Puh, das war knapp. Ob sie mir das wohl abgenommen hatte. Nun war ich zu aufgewühlt, als das ich schlafen konnte.

Ich entschied mich für die Dusche und wechselte danach die Verbände an meiner Hand. Da die Hände weiterhin bluteten, klebte das getrocknete Blut am Verband, was die Wunde erneut wieder ein wenig aufriss.

Nachdem ich alles gereinigt, desinfiziert und verbunden hatte, legte ich mich frisch geduscht wieder auf mein Bett. Ich nahm meine Kopfhörer hervor und lauschte den Klängen um abschalten zu können.

Die Ruhe hielt leider nicht für lange.

Mara's Traum

"Eddie? Was machst du hier?", hörte ich eine Stimme sagen.

Ich öffnete meine Augen und sah Mara vor mir.

"Mara? Wo sind wir?", fragte ich sie.
"Wahrscheinlich in der Hölle. Zumindest fühlt sich jede Minute mir dir so an", fügte sie sarkastisch an.
"Danke für das Kompliment. Hätte übrigens auch besseres zu tun".
"Du? Das ich nicht lache".

Wir waren umzingelt von vier Wänden. Es war äusserst dunkel und warm.

"Hast du mich hier eingesperrt? Bring mich raus hier!", schrie Mara mich an.

"Ich dich eingesperrt? Du warst vor mir hier! Vielleicht hast du mich ja hergebracht", antworte ich.

"Hast du wirklich das Gefühl, dass ich mich mit dir abgeben würde? Schau dich bitte mal an und schau mich an. Das sind Welten!".

"Ok ok, ich hab's verstanden. Rumzickerei bringt uns aber auch nicht hier raus. Wir sollten nach einem Ausgang schauen".

"Hab ich seit dem ich hier eingeschlossen bin, du Genie. Keine Chance, es gibt keinen".

"Es muss was geben. Es gibt immer etwas. Ich taste die Wände ab".

Doch sie hatte Recht. Es gab nichts zu finden.

"Warum ist es hier so heiss und woher kommt der ganze schwarze Qualm?", fragte Mara.

"Ich weiss es nicht. Ich weiss nur, dass
wir uns zusammenschliessen müssen um hier
rauszukommen".

Plötzlich ertönte ein Klopfen ausserhalb
der Wände.

"Was ist das?", wimmerte Mara ängstlich.
"Psst, sei leise", antwortete ich ihr.
"Vielleicht hilft es uns herauszufinden,
wo sich ein Ausgang versteckt".

Das Klopfen wurde immer lauter. Zuerst
pochte es noch im gleichen langsamen Takt
an die Wände, dann immer wie schneller
lauter.
Wir verzogen uns in eine Ecke und hielten
uns die Ohren zu, so laut wurde es. Wir
fingen an zu schreien um das Pochen zu
übertreffen. Es war vielleicht auch eine
Art "Schutzmechanismus", da uns in dieser
Situation nichts anderes übrig blieb.

Auf einmal Stille.

"Ist es weg?", fragte Mara hoffnungsvoll.
"ich weiss es nicht, kann sein".

Von oben hörte man ein verschmitztes
Lachen. Ein laues Lüftchen ging. Mara und
ich schauten uns an und waren froh, dass
es eine kleine Abkühlung gab. Das Lüftchen
wurde immer mehr. Und mehr. Bis es
regelrecht zu Stürmen begonnen hat.

"Was ist denn jetzt schon wieder los?
Bitte nicht schon wieder etwas!", rief
Mara verzweifelt.
"Keine Angst, gegen den Sturm können wir
ankämpfen. Bleib einfach in der Ecke!",
befahl ich ihr.

"Hast du mich vermisst, Eddie?", hörte man
von oben. "Gefällt es dir?".

Ich schaute nach oben und sah sie
eindeutig. Diese Gestalt, diese Kreatur.
Sie war es wieder.

"Hau ab und lass uns in Ruhe", schrie ich
die Kreatur an.
"Du weisst, dass dies nicht geht, Eddie.
Ich hab mir extra viel Mühe gegeben",
verspottete mich die Kreatur.

Die Gestalt senkte sich und kam zu uns auf
den Boden. Mara zitterte vor Angst und
wusste nicht wie ihr geschieht.

"Du wirst deine Antworten bestimmt bald
finden", meinte der Störenfried zu mir,
spannte seine Flügel aus und flog davon.

"Eddie!", schrie Mara. "Was meint er
damit? Was meint er mit Antworten?"
"Ich.. weiss es nicht. Ich weiss es
wirklich nicht".

Ich konnte den Satz noch nicht einmal richtig aussprechen, schon regnete es leichten, grauen Staub und der Boden fing an zu zittern.

"Was ist nun das schon wieder? Ich stehe kurz vor einem Herzinfarkt", quälte sich Mara.
"Das ist... Asche. Das ist Asche! Die Hitze, der Staub, die Asche.
"Da kommt eine rot/orange Flüssigkeit durch den Boden, Eddie!"

Die Flüssigkeit zog sich in die Risse des Bodens und kam immer wie höher.

"Wenn es Asche regnet und quälend heiss ist, dann kann das nur..."

Ich hielt den Atem an und sprach nicht weiter.

"Was kann es sein, Eddie. Was?".
"Dann kann es nur..Lava sein. Es ist
Lava!".

Anhand der Mimik von Mara sah man das
Unverständnis und die Hilflosigkeit, die
sie in diesem Augenblick spürte. Wir
konnten nicht nach links, wir konnten
nicht nach rechts. Wir waren gefangen.

"Los, Mara. Komm auf meine Schulter! Wir
müssen hier irgendwie raus."

Ich bückte mich, Mara hüpfte auf meine
Schulter und wir hämmerten an jeden
Zentimeter der Wände, während das Lava
weiter stieg.

"Es bringt nichts. Wir stecken fest. Das
war's" und sprang dabei von meinen
Schultern zurück auf den Boden, der in der
Zwischenzeit unfassbar heiss wurde.

Die Lava war an unseren Füssen angekommen. Das Gummi der Schuhe begann bereits zu schmelzen, als aus dem Nichts der Vogel wieder auftauchte.

Mit einem Sturzflug kam er auf uns zu, packte mich mit seinem Schnabel und flog mit mir durch die Gegend.

"Hilf mir, Eddie!", schrie Mara von unten. "Ich halte es nicht aus. Das Lava ist bereits an meinen Füssen!

Ich schlug dem Vogel mehrfach auf den Schnabel um Mara helfen zu können.

"Lass mich los, du dummer Vogel!", befahl ich ihm.
"Sieh genau hin, antwortete die Gestalt und flog mit mir direkt vor Mara.

"Wieso hilft du mir nicht, Eddie? Ich verbrenne! Ich sterbe!".

"Ich will dir helfen Mara, nimm meine Hand!"

Die Gestalt brachte mich nur so nahe zu ihr hin, dass ich ihr nicht helfen konnte. "Wieso, Eddie? Wieso?", war das letzte, was Mara sagen konnte, bevor die Flammen sie auffrassen. Danach war nur noch ein paar Sekunden Geschrei zu hören, ehe sie verstummte.

Ich konnte es nicht fassen. Feuer, Lava, Vogel, Mara - all das war zu viel!

"Lass mich los!", befahl ich ihm erneut. "Du willst unbedingt runter? Na gut, bitte sehr" und lacht dabei hämisch.

Er öffnete sein Schnabel und liess mich von oben nach unten fallen. Ich schrie während dem Sturz panisch und schloss meine Augen kurz vor dem Aufprall.

Ein Verbrechen?

Als ich die Augen wieder öffnete spürte
ich einen Teppichboden. Mein Bauch sowie
meine Hände taten mir weh. Ich sah mich um
und merkte, das ich neben dem Bett liege.
Ich war wohl während dem Traum aus dem
Bett gefallen. Kein Wunder tat mir mein
Körper weh.

Was war das denn wieder für ein Traum.
Jeder Traum fühlte sich mittlerweile so
echt und so real an. Ich stützte meine
Hände am Boden ab um aufstehen zu können
und bemerkte dabei, dass sich der Verband
merkwürdig schwarz gefärbt war.

Ich ging daraufhin in's Bad und wechselte
den Verband erneut. Es war dasselbe
Prozedere wie letztes Mal. Erneut war die

Wunde blutig. Erneut klebten die eingetrockneten Blutresten am Verband. Diesmal jedoch mit einem kleinen Unterschied. An den Fingern hatten sich kleine Bläschen gebildet. Statt zu verheilen, wurde es also nur noch schlimmer.

Ich ging aus meinem Zimmer runter in die Küche, um mir Eis auf die Finger zu legen.

"Na toll, wieder kein Eis im Gefrierfach. Dann muss dass halt herhalten", nahm dabei die Spinatpackung heraus und legte sie mir auf die Finger.

"Der perfekte Start in den Sonntagmorgen", dachte ich mir und schmiss mich vor den Fernseher. Gelangweilt zappte ich durch die ganzen Programme auf denen gefühlt tausend Sachen liefen, nicht aber eine einzige für mich.

Als ich mich für eine Sache entschlossen hatte, wurde diese durch eine Eilmeldung der lokalen Medien unterbrochen.

"Die Leiche einer weiblichen Person wurde auf dem örtlichen Grillplatz gefunden. Die Polizei geht von einem Verbrechen aus und klärt derzeit die Identität der verstorbenen Person ab. Wer etwas gesehen hat wird gebeten, sich bei der Polizei zu melden.".

"Krass", dachte ich mir. Das war der Grillplatz, an dem wir früher als Klasse immer hingingen. Ich hoffte, sie würden den Täter schnell schnappen damit er für diese Tat die gerechte Strafe kriegen würde.

Hätte ich da gewusst, was dies alles bedeutete, hätte ich wohl vieles anders gemacht.

Der Schock

Meine Mutter kam kurz nach dem Fernsehbericht zuhause an. Normalerweise redet sie immer gleich los, fragt was ich erlebt hatte und wie es mir geht. Doch an diesem Sonntagmorgen nicht. An diesem morgen war alles anders.

"Hi Mom", rief ich ihr zur Türe hin.

Ohne ein Wort kam sie zu mir, sah mich an und umarmte mich. Stillschweigend.

"Ok Mama, hab dich auch lieb. So langsam kannst du mich aber wieder loslassen."
"Hast du das mit der Leiche gehört?", fragt sie leise.
"Ja klar, kam eben im Fernseher."
"Wurde auch gesagt, wer gefunden wurde?", erwiderte sie.

"Nein", antwortete ich. "Nur eine weibliche Person wurde gesagt."

"Du musst nun stark sein, ja?"

"Äh, ok, klar."

"Es ist Mara! Ich habe es eben von den Eltern erfahren."

Ich blickte fassungslos in ihr Gesicht.

"Aber dass kann doch gar nicht sein. Ich habe doch noch.."

"Was hast hast du, Eddie?"

"Äh, nichts. Ich bin einfach nur schockiert."

"Ja, so geht es uns allen. Wenn du irgendwas brauchst, rede mit mir."

"Ok.. danke."

Anschliessend ging meine Mutter in die Küche und kochte uns etwas, während ich noch immer fassungslos zum Fernseher schaute. Es kamen jeden Tag Leute auf der

Welt um, doch so nah wie zu diesem Tod
stand ich noch nie.

Ich war den ganzen Tag am Laptop und
aktualisierte die News-Seiten sekündlich
um als erster informiert zu sein.
Irgendwann wurde ich derart müde, dass ich
mit dem Kopf auf dem Tisch eingeschlafen
war.

Überall Polizei

Der nächste Morgen liess nicht lange auf
sich warten. Es war Montag. Wir hatten
keinerlei Information von der Schule
erhalten was den Unterricht betraf. Ich
wachte mit dem Kopf auf dem Schreibtisch
auf, hatte einen schönen Abdruck auf der
linken Seite. Ich zog mich um, machte
meine Rucksack bereit und verliess das
Haus.

Ich konnte meine Gefühle nicht
beschreiben. Es war ein Mix aus
Nervosität, Überforderung und Anspannung.
Nervosität vor dem, was mich heute
erwarten wird. Die Überforderung der
ganzen Situation. Die Anspannung nahm seit
ich diese komischen Träume hatte, nie mehr
ab. Zudem verschwanden immer wieder
Menschen, mit denen ich zu tun hatte. Das
alles war für meine Psyche nicht wirklich

förderlich. Wenn ich aber an die Familien der Verschwundenen denke, was die alles durchmachen müssen, so schien mir meine Psyche nichtig.

Als ich in der Schule ankam erwartete mich genau das, was ich mir vorstellte. Überall Polizei. Überall standen Polizeiautos auf den Strassen und Parkplätzen. Polizisten kontrollierten die Schüler auf Gegenstände die den Schulhof betraten. Ich kam mir vor wie in einem Film. Ich stellte mein Fahrrad in die Box, schloss es ab und ging in die Richtung des Schulhofes.

"Stopp! Bitte Arme und Beine auseinander!", sagte einer der zahlreichen Polizisten.

"Ja, sicher. Kein Problem", erwiderte ich ängstlich. Bis dato hatte ich noch nie was mit der Polizei zu tun, umso nervöser war ich.

"Was hast du denn an deinen Händen gemacht?", fragte ein anderer Polizist während der Untersuchung.

"Habe mich an einem Glas geschnitten".

"Er ist sauber", sagte indes der untersuchende Polizist zum anderen.

"Zeig mal deine Hände her, Kleiner. Sowas kann sich sehr schnell entzünden".

"Nein, alles gut. Ist schon viel besser", antwortete ich ihm und zeigte ihm dabei die Vorder- und Rückseite kurz.

"Waren dass Blasen an den Fingern?", fragte er in einem speziellen Tonfall.

"Äh ja, das ist schon lange her. Hatte mich in der Küche am Herd die Finger verbrannt. Kurz darauf passierte das mit

dem Glas. Konnte es nicht richtig halten
und musste es wegen den Schmerzen
loslassen."

"Ok, Junge. Pass besser auf dich auf". Er
legte seine Hand auf meine Schulter und
wies mich in den Schulhof.

Ich war nervös wie Bolle, der Schweiss
lief mir die Stirn runter. Trotzdem war
ich stolz auf mich. Die Ausreden waren
völlig plausibel und nachvollziehbar.
Hätte nicht gedacht das ich unter Druck so
etwas herausbekäme. Hoffentlich glaubte
mir die Polizei.

Auf dem Schulhof angekommen war das Bild
von Mara zusehen. Lehrer, Eltern und
Schüler lagen zu ihrem Gedenken Blumen,
Kerzen, Make-Up, Bilder und Plakate auf
den Boden. Auch ich nahm eine Kerze vom
Tisch, welche die Schule zur Verfügung
gestellt hatte, zündete sie an lag sie

neben die zahlreichen anderen dazu. Wir
waren nie die besten Freunde und hatten
privat nie was miteinander zu tun. Dennoch
verdiente es kein Mensch, so früh, so jung
und so brutal von der Welt gehen zu
müssen.

Im Schulzimmer angekommen, merkte man die
bedrückte Stimmung. Thomas verschwunden,
Sandra verschwunden und Mara tot. Das
niemand in bester Stimmung war, war
verständlich.

"Es ist für uns alle nur schwer zu
ertragen, was gestern passiert ist", fing
Frau Meier die Stunde an. "Wir müssen
zusammenhalten, miteinander reden und uns
gegenseitig stärken. Nur so überstehen wir
diese schwierige und auch traurige Zeit".
"Wir haben ein Care-Team aufgeboten
welches euch zur Seite stehen wird."

An der Zimmertür klopfte es kurz nachdem
sie den letzten Satz ausgesprochen hatte.
Nach kurzer Zeit betrat sie wieder das
Zimmer.
"Die Polizei wird nun eine Durchsuchung
des Zimmers vornehmen. Dies wird in
regelmässigen Abständen passieren um
eventuell Hinweise zu unseren drei
Schülern zu bekommen."

Gesagt, getan. Vier männliche Polizisten
und zwei weibliche Polizistinnen kamen mit
einem Schäferhund in das Zimmer und
durchsuchten es nach möglichen Hinweisen.
Wir standen alle auf und blieben vor
unserem Pulten stehen.

Zuerst liessen sie den Hund an den Tischen
und Stühlen von Thomas, Sandra und Mara
schnuppern. Die anderen Polizisten
schauten sich im Zimmer um, nahmen Bücher
auseinander und guckten hinter die Regale.
Der Hund hatte in der Zwischenzeit die

Plätze fertig beschnuppert und roch sich durch das ganze Zimmer.

Als er mehr oder weniger das ganze Zimmer abgesucht hatte, ging er aus der Türe und fing an zu bellen. Wir dachten alle, er hätte etwas gefunden. Leider war es nur der Sportrucksack, welcher noch an der Garderobe draussen hing.

Daraufhin kam er völlig überraschend zurück ins Zimmer und wuselte noch ein wenig herum, ehe er genau vor mir stehen blieb und anfing zu bellen. Natürlich rechnete ich überhaupt nicht damit. Ich guckte verdutzt die Polizisten an und diese mich ebenso zurück. Der Hund wurde vom einen Polizisten herausgebracht - die anderen durchsuchten nun meinen ganzen Tisch. Die ganze Klasse schaute zu mir. Ich konnte die Blicke von ihnen nicht werten. Waren es wütende oder bemitleidende Blicke? Jeder hatte sich wohl in diesem Moment seine eigene Meinung gemacht.

"Bleib da stehen!", meinte eine der Polizistinnen.

Das ganze Szenario dauerte nur wenige Minuten. Minuten, die sich in der Situation wie Stunden angefühlt hatten.

"Wieso ich?", fragte ich die Polizistin. "Das musst du uns sagen", erwiderte sie. "Der Hund gibt nicht ohne Grund an".

"Hier ist nichts", sagte einer der Polizisten. "Sieht sauber aus. Wie heisst du, Junge?
"Eddie". Ich heisse Eddie".
"Was ist mit deinen Händen passiert?"
"Ein Unfall. Habe mich an einer Flasche geschnitten. Das habe ich aber schon bei der Kontrolle zum Schulhof eurem Kollegen gesagt."

"Du wurdest also auch bereits dazu gefragt?", fragte er hämisch.

Ich schwieg.

Die Polizisten schaut sich gegenseitig an.

"Danke für deine geschätzte Mitarbeit, Eddie".

Nachdem sie alle meine Sachen durchwühlten, liessen sie alles liegen und verliessen ohne weiteren Kommentar das Zimmer.

Ich stand immer noch am selben Ort. Ich schaute auf den Boden, sah das Chaos, welches die Polizei verursachte hatte. Ordner, Bücher, Blätter, Etui - egal was. Es lag alles am Boden verteilt.

Ohne ein Wort zu sagen fing ich damit an,
meine Sachen wieder korrekt zu ordnen und
aufzuräumen.

"Die Blicke nun bitte wieder nach vorne zu
mir", meinte Frau Meier sichtlich
gezeichnet.

Als ich mit dem Aufräumen fertig war,
klingelte es bereits zur Pause. Die
anderen Schüler stürmten alle aus dem
Zimmer heraus. Ich hingegen wartete, bis
der letzte draussen war. Als auch ich mich
in Richtung Türe bewegt habe, sprach mich
Frau Meier an.

"Eddie, es tut mir Leid was vorhin
passiert ist", sagte sie vorwurfsvoll.
"Ist schon ok, Frau Meier. Sie können ja
nichts dafür."
"Wenn du etwas brauchst, kannst du
jederzeit zu mir kommen."
"Ok. Danke."

Ich drehte mich um und wollte aus dem
Zimmer laufen, als Frau Meier noch eine
Sache hinzufügte.

"Aber weisst du, warum der Hund bei dir
gebellt hat?"

Ich drehte mich wieder zu ihr um und sah
sie mit einem leeren Blick an.

"Ich wünschte, ich würde es wissen",
drehte mich um und ging raus.

Der Verdächtige

Die ganze Situation im Zimmer verbreitete
sich wie ein Lauffeuer. Als ich auf dem
Schulhof ankam, starrten mich alle an. Ich
wusste, das ich nun das Ziel war. Da ich

auch sonst die Pausen meistens alleine verbrachte, war dieses Gefühl nichts neues für mich.

Es wurde getuschelt, gerufen und gestarrt. Es waren sehr lange Pausen, passiert ist jedoch nichts. Zu gross war das Polizeiaufgebot an der Schule.

Ich war froh, als die Schule endlich vorbei war und ich nach Hause konnte. Ich rannte förmlich zu meinem Fahrrad, nahm das Schloss ab und fuhr so schnell wie ich konnte nach Hause. Sehr viele Fragen kamen mir während der Fahrt auf. Ich hatte doch noch nie jemandem etwas böses angetan, warum wurde ich dann so behandelt? Das war alles nicht fair.

Zuhause angekommen wartete meine Mutter bereits auf mich. Ich knallte die Haustür hinter mir zu, ging in die Küche und holte mir erst einmal etwas zu essen.

"Kein besonders erfreulicher Tag, hm?", meinte meine Mutter.

"Nein, gar nicht."

"Was ist das passiert? Willst du darüber reden?"

"Ach, nein. In der Schule sucht man ein Täter oder was auch immer. Und ich habe dabei wohl der Polizei perfekt in die Hände gespielt. Morgen wird es sicher schon wieder vergessen sein".

"Schau, Eddie. Angst und Unsicherheit sind in Kombination bei Menschen immer schlecht. Die Menschen wollen einen Täter, ein Ziel, einfach jemandem, um die Schuld geben zu können. Dabei meinen sie es vielleicht nicht einmal Böse. Sie wollen einfach wieder die Sicherheit in ihrer Umgebung spüren."

Die Worte meiner Mutter waren weise und machten durchaus Sinn. Je mehr ich darüber nachgedacht habe, desto mehr konnte ich

mich in die Leute hineinversetzen. Wie
hätte ich wohl reagiert, wenn dies jemand
anderem passiert wäre. Wenn jemand anders
angebellt und verdächtigt worden wäre.

"Danke, Mama. Auf verstörende Art und
Weise macht alles was du sagtest, Sinn."

Ich wollte nie akzeptieren, das so mit mir
umgegangen worden ist. Aber ich brachte
zumindest Verständnis dafür auf.

Das Verständnis hörte aber beim Klingeln
der Haustüre abrupt wieder auf.

Der Hausbesuch

Noch bevor ich irgendetwas zuhause machen konnte, klingelte es an der Haustür. Ich sass noch immer in der Küche. Meine Mutter öffnete die Türe.

"Guten Tag", hörte ich eine männliche Stimme.
"Was ist hier los?", fragte meine Mutter.

Danach hörte ich nur noch ein murmeln, da meine Mutter die Türe hinter sich zugezogen hat.

"Eddie?", hörte ich meine Mutter rufen.

Ich ging langsam vom Küchenstuhl runter und begab mich zur Türe. Aus dem Fenster neben der Türe liess sich kurz einen Blick nach draussen erhaschen.

"Eddie? Hier ist die Polizei. Wir kennen uns von heute morgen in der Schule. Wir wollen nur ein bisschen reden".
"Reden oder wieder Anschuldigungen machen?", antwortete ich durch das Fenster.
"Niemand wird dir etwas machen, Eddie. Ich will nur ein bisschen quatschen."

Meine Mutter merkte, dass ich unsicher war und mischte sich mit ein.

"Haben Sie ein Durchsuchungsbefehl oder sonst irgendetwas?"

Der Polizist schüttelte den Kopf.

"Gut, dann ist dieses Theater nun beendet", sagte sie sichtlich gereizt.
"Und wehe, sie kommen wieder zu uns ohne irgendwas in der Hand zu haben!".

Die Polizist nickte hämisch, lächelte und
zog sich zurück. Er schaute sich nochmal
kurz um und stieg ins Auto.

"Was war dass denn bitte für eine Aktion?,
fragte mich meine Mutter, nachdem sie
wieder ins Haus kam.
"Keine Ahnung. Das ist aber genau das, was
du sagtest. Sie suchen sich jemanden."
"Dann haben sie sich den falschen
ausgesucht", sagte sie lächelnd.

Ich schmunzelte und dachte mir, was für
eine beinharte Mama ich eigentlich habe.
War echt cool zu sehen, wie sie sich gegen
die Cops gewehrt und mich beschützt hatte.

"Ich werde dich immer beschützen, egal was
ist", sagte sie abschliessend und ging
zurück in die Küche. Ich dankte ihr und
ging auf mein Zimmer.

Ich setzte mich wie immer auf meinen Stuhl und klappte in der Hoffnung auf etwas Neues den Laptop auf. Es schien alles beim Alten zu sein. Keine Neuigkeiten zu den vermissten und auch keine Neuigkeiten zu Mara's Tod. Ich surfte noch ein bisschen weiter und schaute mir zur Ablenkung ein paar lustige Videos an, als im Nu eine Eilmeldung auf jeglichen Newsportalen aufpoppte.

"Die Polizei verhaftete heute Nachmittag einen möglichen Verdächtigen im Fall des Todes von Mara. Um wen es sich beim Verdächtigen handelt, ist noch unklar."

Ich ging mit der Info gleich runter in die Küche und erzählte es meiner Mutter.

"Mama, sie haben einen Verdächtigen verhaftet!", sagte ich ihr voller Freude.
"Ach ja?", fragte sie erstaunt.
"Ja. Habe es gerade erfahren. Ist überall

auf den Portalen und Sozialen Netzwerke.
Freust du dich nicht?"

"Doch, sicher. Das ist wunderbar",
antwortete sie und fügte an: "Da es sich
aber nur um einen möglichen Verdächtigen
handelt, muss dies noch nichts bedeuten."

"Das weiss ich, Mama. Aber immerhin komme
ich so vielleicht aus der Schusslinie".

Sie nickte und schaltete den Fernseher
ein, um sich selbst ein Bild davon zu
machen. Irgendwie hatte ich mit einer
anderen Reaktion ihrerseits gerechnet. Sie
war den ganzen Abend vor dem Fernseher und
verhielt sich ungewohnt kühl. Aber wem
konnte ich dies schon verübeln, nachdem
was alles geschehen ist in letzter Zeit.

Schultag

Nach dem gestrigen Tag hatte ich mich auf alles eingestellt. Schlimmer konnte es gar nicht werden. Schliesslich haben sie einen Verdächtigen gefasst. Mit einem relativ guten Gefühl schwang ich mich auf mein Fahrrad und radelte in die Schule. Vor Ort war das gleiche Szenario anzutreffen wie gestern. Überall war die Polizei vertreten. Am Eingang zum Schulhof stand der gleiche Polizist. Er erwartete mich schon.

"Na, Junge. Was machen deine Hände?"
"Schon viel besser."
"Hör zu. Ich habe mitbekommen, was gestern passiert ist. Tut mir Leid falls dich jemand von uns in Bedrängnis gebracht hat. Das ist nicht unser Ziel", flüsterte er.
"Alles gut. Ihr macht nur euren Job", erwiderte ich.

"Danke. Eddie, oder?".

"Äh, ja."

"Machs gut, Eddie".

Ohne mich zu durchsuchen, liessen sie mich in den Schulhof. Die Stimmung war noch immer bedrückt. Viele waren in Trauer und konnten sich nicht richtig auf die Schule konzentrieren. Einige blieben gar zuhause. Mich liess man in Ruhe. Weder die Polizei, noch die Schüler beachteten mich. Es war so, wie ich es mir erhoffte hatte. Die Verhaftung des Verdächtigen ermöglichte mir einen "normalen" Schultag.

Wir waren gerade mitten im Schulstoff, als diverse Handy's angefangen haben zu vibrieren, inklusive meinem. Normalerweise hört man dies selten, wenn jedoch mehrere Gleichzeitig zu vibrieren beginnen, ist dies wie ein Schwarm voll Bienen.
Auch Frau Meier's Handy klingelte und ihre Reaktion liess nichts gutes vermuten.

Vermisste Person aufgetaucht

"Oh mein Gott!", sagte Frau Meier schockiert und hielt sich die Hand vor den Mund.

Jeder zückte nun sein Handy hervor und schaute, was los war. Auch ich griff in meine Hosentasche und schaute nach.
Es war eine Eilmeldung der regionalen Zeitung.

"Die vermisste Sandra wurde tot in einem Fluss aufgefunden, dies bestätigt die Polizei. Der genaue Tathergang ist noch unklar. Ein Verbrechen wird aus aktuellem Anlass jedoch stark vermutet. Die Polizei bittet auch in diesem Fall um Hinweise aus der Bevölkerung".

Nun traf es tatsächlich auch Sandra. Und wenn ich an Thomas dachte, liess mir dies kein gutes Gefühl geben.

"Wir beenden die Stunde an dieser Stelle", sagte Frau Meier. "Diejenigen, die jemanden zum reden brauchen, können sehr gerne hier bleiben. Alle anderen dürfen nach Hause gehen. In dieser Situation macht es keinen Sinn, den Schulstoff weiter durchzugehen", sagte sie sichtlich gerührt.

Alle bis auf drei, vier Schüler packten ihre Sachen zusammen und verliessen das Schulzimmer. Ich tat dasselbe. Nachdenklich lief ich über den Schulhof zu meinem Fahrrad und fuhr nach Hause.

Ich öffnete die Türe. Meine Mutter stand bereits wieder in der Küche und kochte etwas für uns.

"Schon zuhause?", fragte sie.

"Ja. Hast du es nicht gehört?, fragte ich.

"Was denn gehört?"

"Sie haben Sandra gefunden - Tod!"

Sie stützte sich mit beiden Armen an der Marmorplatte ab und senkte den Kopf.

"Du gehst mir ab heute nicht mehr in die Schule".

"Hä? Wieso dass denn? Ich erzähle dir von Sandra und die Schule ist dein einziges Problem?"

"Nein!", schrie sie mich an.

Wir schauten uns gegenseitig in die Augen. Sie beruhigte sich, nahm kurz tief Luft und entschuldigte sich.

"Tut mir Leid, Sohn. Ich wollte dich nicht anschreien. Ich will nur nicht, dass du noch weiter zur Schule gehst. Im Moment ist es wirklich gefährlich und ich will nicht, dass dir etwas zustösst."

"Ich weiss das du dir Sorgen um mich machst, Mama. Ich bin aber kein kleines Kind mehr. Ich kann sehr gut für mich allein sch...."

"Nein, Eddie!", unterbricht sie mich. "Du verstehst es nicht. Wenn Sandra nun aufgefunden wurde, ein Verdächtiger aber verhaftet wurde, so muss dies nicht zwingend miteinander zu tun haben. Verstehst du?".

Ich dachte über ihre Worte nach und sie klangen durchaus logisch.

"Ok, Mama. Ich tue dir den Gefallen und bleibe zuhause, bis sich die Lage beruhigt hat", versprach ich ihr.
"Danke, mein Sohn".

Ich blieb in der Küche bei ihr. Wir kochten zusammen Spaghetti um uns ein wenig auf andere Gedanken zu bringen und hörten dabei ein wenig Radio. Wir deckten den Tisch, nahmen die Spaghetti vom Topf und stellten ihr auf den Tisch. Wir waren beide hungrig, dementsprechend schnell waren die ganzen Spaghetti verputzt. Mit der letzten Gabel, die ich zu meinem Mund führte, liefen die Nachrichten im Radio. Natürlich war das Auffinden von Sandra der Hauptpunkt.

"Die Suche nach dem Täter läuft weiter. Der gestern verhaftete Verdächtige ist mittlerweile wieder auf freiem Fuss. Der Verdacht auf ihn konkretisierte sich nicht. Einen Hinweis gab es hingegen zum aktuellen Fall Sandra. Laut Augenzeugen wird berichtet, dass sich ein rotes Auto vor einigen Tagen am besagten Ort befand. Dies ist eher ungewöhnlich, da es ein offizielles Fahrverbot ausser für landwirtschaftliche Fahrzeuge gibt."

Daraufhin stand meine Mutter auf und schaltete das Radio aus. Ich guckte sie verdutzt an.

"Wir hatten so ein schönes Essen. Lassen wir uns das nicht von den negativen Schlagzeilen zerstören, ja?".
"Sicher, Mama".

Sie setzte sich wieder gegenüber von mir hin, lächelte und scharrte nachdenklich mit der Gabel im leeren Teller vor sich hin.

"Wir haben doch ein schönes Leben, oder?", fragte sie. "Ich weiss dass es nicht immer einfach ist. Wir sind auf uns allein gestellt. Du musst auf vieles Verzichten. Aber alles in allem, denke ich, haben wir ein schönes Leben, oder nicht?", und scharrte mit der Gabel weiter vor sich hin.

"Ja, natürlich", antwortete ich ihr. "Wir haben alles, was wir brauchen. Das Wichtigste ist, das wir uns haben".
"Schön sagst du das, Eddie."

Ich stand daraufhin auf und wusch das Geschirr ab. Just in dem Moment, als ich fertig war, hörte ich mehrere Polizeisirenen durch das gekippte Fenster näher kommen.

"Eddie?", sagte meine Mutter am Tisch.

Ich platzierte das letzte Glas im Schrank und drehte mich zu ihr um.

"Ja?", erwiderte ich.

Sie schaute mir tief in die Augen. Eine Träne lief ihr die Wangen hinunter.

"Egal was passiert - ich beschütze dich!".

"Danke, Mama. Aber ich bin bereit. Ich kann mich selbst verteidigen!".

Drei Polizeiautos parkierten direkt vor unserer Haustüre. Zwei Männer klopften an die Tür. Einer davon war wieder der, aus dem Schulzimmer.

"Aufmachen! Sofort! Polizei!"

Sie klopften erneut gegen die Tür.

"Los! Sofort öffnen oder wir brechen sie ein!"

Meine Mutter stand auf und drehte sich zur Türe hin. Ich ging voran und öffnete sie.

"Wir haben ein Durchsuchungsbefehl für das ganze Haus", schrie er mich an.

Um die acht Polizisten verteilten sich im ganzen Haus. Ein paar im Obergeschoss, ein

paar im Wohnzimmer, andere im Schlafzimmer
oder Keller. Alle schienen zu wissen, wo
sie hingehen müssen.

"Ich sagte doch, man sieht sich wieder",
sagte der eine Polizist zu mir.
"Ich weiss nicht was sie genau hier
wollen, aber finden werden sie bestimmt
nichts. Und wenn das ganze vorbei ist,
werde ich mich an höchster Stelle über sie
beschweren!"

Der Polizist schüttelte nur den Kopf und
lachte. Meine Mutter zog mich nach hinten
zu sich.

"Sage nichts unüberlegtes", meinte sie zu
mir. Sie zitterte am ganzen Körper.
"Was ist denn los, Mama? Wieso zitterst du
so? Keine Angst, die machen uns nichts."

Sie lächelte nur und nickte den Kopf.

"Hier ist etwas!", schrie einer aus dem Keller.

Die übrigen Polizisten rannten direkt in den Keller, unter anderem auch der aus dem Schulzimmer.

Auch ich wollte sehen, was sie gefunden haben. Als ich loslaufen wollte, packte mich meine Mutter an der Schulter und zog mich nach hinten zu sich.

"Geh nicht, Eddie. Sieh dir das nicht an", sagte sie weinend.

Ich schaute sie verwirrt an.

"Das ist er! Eindeutig!", rufen sie aus dem Keller.
"Wir haben Thomas gefunden!".

Die Verhaftung

Ich traute meinen Ohren nicht!
Ich löste mich von meiner Mutter und
schaute die Treppe hinunter. Tatsächlich!
Da lag er. Eingequetscht in unserem
Kühler. Ich konnte es nicht fassen. Ich
blieb starr. Tränen schossen mir aus den
Augen. Kein Wort brachte ich raus. Ich
schaute unglaubwürdig zu meiner Mutter.
Auch sie war verzweifelt und nur noch ein
Häufchen Elend.

"Die Reifen stimmen überein. Im Kofferraum
haben wir einzelne Haare gefunden", ruft
einer der Ermittler von draussen.

Eine Welt war für mich am zusammenbrechen.

"Verhaftet sie!", rief einer.
"NEIN! NEIN, NEIN, NEIN!, schrie ich.

Drei Polizisten stürmten auf meine Mutter zu, brachten sie zu Boden und lagen ihr Handschellen hinter dem Rücken an. Ich wollte ihr zur Hilfe eilen, wurde aber abrupt von mehreren Polizisten zurückgehalten.

"Ist schon ok, Eddie", wimmerte meine Mutter.

Sie halfen ihr aufzustehen und brachten sie an die Tür. Ich ging zu ihr hin und umarmte sie.

"Wir hatten doch ein gutes Leben, oder?, flüstert sie in mein Ohr. "Ich habe versprochen dich zu beschützen und das tue ich - für immer. Du findest alle Antworten in meinem Zimmer".

Sie gab mir ein Kuss auf die Stirn, lächelte und ging mit der Polizei mit. Draussen hatten sich mittlerweile über

zwei dutzend Schaulustige versammelt.
Überall Blitzlichtgewitter von den Medien.
Sie halfen ihr in das Polizeiauto
einzusteigen und fuhren mit ihr davon.

"Tut mir Leid wie alles gelaufen ist,
Kleiner", ertönt es vom Parkplatz.

Es war der Polizist vom Schulhof.

"Wenn wir etwas für dich tun können, sag
es uns".

Ich hatte keine Lust auf irgendwas und
rannte die Treppe hoch in Mama's
Schlafzimmer. Sie sagte, ich würde die
Antworten hier erhalten.

Das Zimmer war ein reinstes Chaos. Bei der
Durchsuchung wurde kein Stein auf dem
anderen gelassen. Sie verwüsteten das
Zimmer förmlich. Da ich keinen
Anhaltspunkt hatte, blieb mir nichts

anderes übrig als das Gleiche zu tun wie die Polizei. Ich suchte das ganze Zimmer ab. Hoch und runter und endete dabei an ihrem Schrank. Ganz oben flatterte ein Zettel zwischen den Schuhkartons rum. Ich hüpfte kurz einmal hoch und zog den Zettel zu mir. Was ich darauf zu lesen bekam, erschütterte mich und liess meine Adern erfrieren.

Der Brief

"Lieber Eddie,

Wenn du diese Zeilen liest, wird einiges bei uns vorgefallen sein. Du bist mein Ein und Alles. Mein ganzes Leben lang habe ich versucht dir das Leben zu bieten, welches du verdienst. Es war nicht immer einfach, wir hatten unsere Höhen und Tiefen - doch das machte uns aus. Wir redeten immer über alles und hatten keine Geheimnisse voreinander. Keine - bis auf eines, dessen du dir nicht bewusst bist. Was ich dir jetzt sagen werde, wird dich schockieren. Du kannst mir aber Vertrauen - es ist wahr.

Seit deiner Geburt leidest du an einer Art Schizophrenie. Es gibt Momente, Tage oder Nächte an denen du ein komplett anderer Mensch bist. Das Schlimme daran ist aber,

das du dich an nichts erinnern kannst. Das
war schlussendlich auch der Grund, warum
dein Vater uns verlassen hat. Er konnte
sich nicht mit dem arrangieren.

Die nassen Kleider, die Schnittwunden oder
Blasen an deinen Händen kommen nicht von
ungefähr, mein Sohn. Ich habe es gesehen.
Du hast Thomas, Sandra und Mara getötet.

Es tut mir Leid das ich dir das auf diesem
Weg sagen muss. Als ich jedesmal
nachfragte und du mir keine Antwort geben
konntest, wusste ich, das nicht du diese
Leben genommen hast, sondern dein böses,
schizophrenes Ich.

Du hast Thomas in unseren Gefrierschrank
eingesperrt. Du hast Sandra in unserer
Badewanne ertränkt und du hast Mara
verbrennen lassen.

Du bist mein Sohn und ich liebe dich über alles. Ich musste dich beschützen. Also habe ich Thomas vorübergehend im Kühler gelassen und Sandra mit dem Auto zum Fluss gebracht.

Ich nehme die ganze Schuld auf mich, Eddie. Sag niemandem was und verbrenne diesen Brief nachdem du ihn gelesen hast.

Wir hatten doch ein gutes Leben, oder?

Ich liebe dich - für immer!

Mam"

Dann war ich die ganze Zeit diese Gestalt?